U0146909

迷宫书店

The Bookery

罗智成 著

四川文艺出版社

青马（天津）文化有限公司
出　品

请轻声推门进来

握着仅有的孤独

谁都知道

孤独是阅读的锁钥……

——罗智成

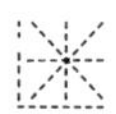

回到那家书店

已是很久很久以后的事

也许隔了一个世纪

也许是一辈子

这个距离得用记忆来丈量

此刻的我和童年的我

距离到底有多远?

要看中间经历多少蜕变

实现或推迟几次

不切实际的冒险

那脆弱、易感的少年

充满幻想而舍不得放弃孤独

他曾带我涉过阴暗积水的食道

去目击鲸鱼肚腹里独居的老人

他曾带我爬上海边悬崖去瞻仰

为心怀愧疚的儿童设置的游乐场

我凭什么说，他和此刻

颓废自弃的我是同一人呢?

除了无人见证的脑海中

模糊而不确切的身影……心绪……

联结我们彼此疗愈的契机……

在没落书街　一个
屡被邮差错过的门牌里
我曾在此深藏了一个
我自己版本的童年

到那家书店的路径每次不同
有时要找到巷弄中的巷弄
有时要穿过小学后面
忽有忽无的小理发厅
有时好像
就在两个店面之间
楼梯间的木板夹层里

总之

岔出日常生活的动线

沿着野猫鬼祟的踪迹

想从现实世界逃学的渴望

就会引领我来到小广场前

遗世独立的“阅读光年”

就像记不清第一本书

我不曾深究书店全貌

还有周遭冷清的街区

它似乎不大

藏书似乎不多

但是总会找到

让我好奇索读的新书

或新来的旧书

看到酩酊忘我

看到天亮醒来都不知

是先睡着还是先回到家

我喜欢找个隐蔽角落

每样东西都靠得很近

像只迷航落单的海鸟

停驻乱石嶙峋的礁岩

卷藏起羽翼

捧一本书

不被打扰

一翻开书

再次翱翔

就是我和那本书的世界了

除了书店主人和他的女儿

我大概是最常待在这里的人了

那可爱的小女孩好像是从

哪本童话书里认养回来的

还没褪尽梦幻迷离的神采

整齐的刘海遮不住明亮额头

深邃安静的眼眸却满溢心事

稚气脸庞上温柔的弧度苍白

让我的目光不时在其上滑雪

失足……

她的父亲瘦削斯文

喜欢文学且一事无成

而书店更像是已放弃营业

已脱离城市生活的私人藏书馆

只有稀落、无知的学生

无声无息进出

我甚至隐隐以为

这书店降临于此

是专程来守望我孤独的童年

“每次看到你的眼睛被

24 开、32 开印书纸上

密密麻麻的宋体字点燃

我就倍感慰藉……”

“你和书真的很有缘分呢！

下次你来

我带你看看我的秘密书房”

那次，沉默寡言的店主

主动跟我攀谈

但是我再回到这家书店

已经是很久很久以后了

我毕了业

因家庭变故匆匆结束童年

搬迁到另一区升学、就业

进入信史时代

我继续耽溺于书本内外的幻想

不曾发表作品却认定自己

将成为被秘密流传的作家

之后　终究和Q分手

她到大洋彼岸攻读全新专长

以最耀眼的风采嫁人

隔着14个小时的时差

我仍感觉得到她多年来的愤愤与失望

我轻率逃离主流职场

以惨淡的失败回应她的锋芒

想骑单车　一直到世界尽头

但没有一座城市　大到可以

迷路永久

我摧毁了共同逐梦的航程

虚掷了扬帆奋进的青春

所有悔疚往事

像被记忆活埋的毒魟

梦中触及特别令人刺痛

失去白昼意识的掩饰

无所遁逃　无法停止

比醒时的真实更真实

我不可能重来

我的生命已经改写

但是我的记忆与惯性

仍然停留在上一辈子

那时我手握锁钥

正要打开一扇命定而未知的门……

我不知如何重新开始

想找回不可逆转的每一瞬间

清点伤痕、损失与过失

但我越退越远

退到无从辨识的从前

我的根就是被记忆斫断的记忆

必须用嫁枝法

重新把自己接回去

是谁带我回来的?

受伤动物的本能?

还是飘摇欲熄的心火?

告诉我

寻找解答

得回到童年

无论快乐或者悲伤

要修补一个成年人

就得让他彻彻底底

完成一次他未完成的童年

“喔，是你？”

更加苍老的店主平静地说

“好久没看到你了。”

“你还记得我？”

他平静地点点头

“连我都还记得你呢！”

一个惊人美丽的女郎

走到她父亲身后

“那时你在我们书店看书

看到打烊都不肯离开”

我想，也许是当时以为书籍

或书店永远都为读者敞开吧？

“你的秘密书房还在吗？”

他们略带迟疑

彼此互望

老人微微点头

女儿面有不豫

“走！

我带你去看看！”

老人拿着一把钥匙和

一个小闹钟领我下楼

开启了那扇陈旧的窄门

“我昵称这个地方为书井

书籍的书

水井的井”

他开了灯

示意地掸了一下

书堆上的灰尘：

“它提醒我

坐井观天也许能自得其乐

但要跳出井底又何尝容易？”

递给我那只古旧的闹钟：

“这个钟我已设定

时候一到

它将把你带回来”

“带回来？带回哪里？

为什么要一座闹钟？”

老人笑而不答

静静退出房间

※

这时我才回神

注意这陌生的空间

也同时发现

这书房已注视我许久

以一种奇异的悲悯或感慨

好像它早已认识我

知道我此刻的心境

书房局促而挑高

像斑斓的石灰岩溶洞

垂挂蒂凡尼吊灯、羊齿植栽

六分仪、望远镜杂物堆陈

我猜它是天井改装而成

近三层楼高的天花板上

还有天窗被油漆的痕迹

完全隔离了外头的天空

一座紧攀着书墙的书梯

被堆聚的沙发挡住轨道

一座更巨大的回旋铁梯

则不规则盘绕整个房间

直抵天花板而没有去处

它让我想到昆虫的体腔

虽然我从未仔细看过

即使一只飞蛾的脏腑

但一定有些和飞行或

蜕变有关的基因被镶印

在某册书籍某个角落里

我终于进到书店核心了

或更像回到自己的内在

卸下灵魂的甲胄

解散了自我防卫

感官系统敏锐毕露：

我的嗅觉很快在空气中

拦捕到被灰尘压制的霉味

蟑螂与樟脑混合的刺鼻味

受潮的纸张　分解中的油墨

也听见书架呼吸　蠹鱼爬行

地板被踩踏时连动到更多密室的回声

还有水管　电表　血管　心跳

除了我以外某种巨大意识

在近处存活的细微动静

⋇

我随手翻了门边书堆上

灰尘较少的《魂断威尼斯》

目光着陆于这行句子：

“他们说波兰话、法国话，

也夹杂着巴尔干地方的方言，

但是他的名字被叫的次数最多……”

恍惚间有个金色长发男孩

散着香皂味匆匆躲进书页

我吓了一跳　汗毛耸立

慌忙跳出字里行间

但翻开的书页继续舒展

密实的文字召唤出来的

阿森巴赫徜徉的海滩

随着震动的洋铁皮般

反复冲刷上岸的波浪

和远处游客的笑闹与言谈

这些文字似乎不甘只是文字

急着兑现自己背后丰盛的

意涵　声音　暗示与想像

每个字眼都想直接带我到

被它指涉的现场

符号的黑洞巨大的引力

把我吸到意义的更里头

透过成为它、穿越它

诞生到另一边世界的外头

在这样的异境中浏览

像醉了酒服了迷幻药

各种事物的属性与状态

变得鲜明浮夸虚实不定

主体与客体谨守的界线

从本质上松动

经验不再来自经验

我梭巡着一排排书柜

默念着碑铭般的书背

里头许多我耳熟能详

更多是初识或似曾相识

这些生命中某个时期

看过或想看的作品

像记忆的灵柩

安息着一首首难忘的乐曲

有些乐曲斑驳、脱落

只剩被过度传唱的主旋律

但它们属于再多人也无损

它们曾经仅属于我自己

铜制台灯下布面精装

书名烫金已剥落的《小王子》

则是不曾见过的版本

我将就着小板凳坐下

迫不及待打开来端详

一方面重温少年时代

那令我不忍释手的安慰能量

“……星星真美”

太熟了

我没有从第一页开始读它：

“星星真美

因为在彼有一朵看不见的花”

小王子满心感慨地说

差不多就在同时

整个书房快速变化

原先井然的四壁有了痛觉般

膨胀收缩　瞬变着各种表情

像被唤醒囚禁多年的想像

不顾一切要在此刻实现

又像千百年来所有被焚毁的

知识殿堂的幽灵附身

要一口气泄漏所有的

知识原罪

整个书房骚动　摇晃

书籍摆设裂解　增生

像被惊飞的各色禽鸟

在空中飘浮　翻腾

旋转旋转　汇聚为

龙卷风中空的体干

一径钻开了天花板

墙板纷纷龟裂剥落

外头的空气灌入……

我未觉察到这一切

因为早已忘情置身

夜凉如水的沙漠里

被砂砾过滤过

被凉风冷凝过的纯氧

更新了我紧张的官能

我消化了一下刚刚那句话

流利回答：

“的确是这样啊……”

然后两人就不再讲话

一起望着满天繁星和

有些静肃的沙漠

这一座座在夜间发光的沙丘

像星尘一颗颗堆叠起来的海浪

或是众神睡醒离开后的被窝

让人很想接近它　进入它

而它正透过睡意渐渐将你同化

小王子又说了

“沙漠真美……”

“嗯……”

好舒适的对白

他应该是讲法文的吧？

无论如何　在阅读中

我自然用思考语言来对话

其实我无时无刻

不为故障的飞机发愁

但我还是共鸣于这样的交流

我一向喜欢沙漠

常常驾着双翼机

以低于老鹰的高度和速度

巡航鸟瞰这无止境的荒凉

有时坐在沙丘上

什么也听不见　什么也看不见

但寂静中好像有什么呼之欲出

小王子自顾自地说：

“沙漠美，

因为沙漠的某个地方藏有水泉……”

“嗯……”

星空落下一滴水滴

一瞬间我似乎懂了

懂了我一直都懂的道理

房子、星星、沙漠

有些东西之所以美

因为它们暗藏一些

看不见却十分珍贵的事物

这些体悟本无新意

重点在于：

由于我们不曾重视我们

其实深切明白的事　便

一直以为自己并不知道

小王子真正启发我的

应该是这样的道理

我心思泉涌　百感交集

过去，我迷恋于这个故事的

忧伤氛围所象征的一个事实：
每个人都是一颗孤独的星星

每个人都是一颗孤独的星星
没有人或偶尔有人靠近

但我始终轻忽他的想法
保持童心是个太简单的道理
普遍的共鸣如何让孤独容身呢？
但此刻我独自拥有他的孤独
不须抵抗和别人相同的感受
就这样
我一直抱着他走了整个晚上

终于

在黎明的时候找到那口水井

由于发现了水井

我们兴高采烈谈了许多事情

也许是彻夜未眠的虚弱

我隐约有不祥的预感

觉得越来越靠近一个

令人惆怅的结局

他坐到我的身边来

轻声地对我说：

“可别忘记你的诺言欧！”

“什么诺言？”

“就是替我的绵羊画个口套啊！

我得时时刻刻照顾我的玫瑰花呢！”

我不发一语

拿出了纸和铅笔

十分慎重、用心地

画了一个坚固的口套给他

“他真的要回家了！”我绝望地想

“你知道，我来地球

到明天就满一周年了！”

他似乎想安慰我

然后他跟我详细描述了离开的方法

对地球人而言，那形同死亡

那一刻

我好像和一个最亲密的朋友

讨论他明天的葬礼

但我耿耿于怀的不是死亡

而是离开，不是绝望

而是违背唯一的希望

好不容易遇见流浪在

自己内心里的小王子

但最终他仍必须离开

我开始强烈挑战他离开的方式

我说在整个故事里头

我最不喜欢的一直是

你离开的方式

借由地球上一条卑微的蛇

来结束你辉煌的冒险之旅

那个地理学家

那个忙碌的点灯人

那个孤芳自赏的国王

还有和你相互驯养的狐狸

“我不觉得这是和你的玫瑰重逢

最好的方式……”

他有点无奈地说：

“也许我的落落寡欢

引起你过多的忧虑

也许你想要对我更好

也许无论在故事内外

我们的感情都如此相通相惜

但是别急着用故事外的法则

评判我们优美而离奇的遭遇……”

“也许我不觉得你只是个故事

我的心从不轻易如此柔软……”

“但是这副躯壳的确是太重了……

我的路途还很遥远……”

“你确定脱离你的忧伤了吗？”

“我不确定

我们的关系是我跟玫瑰共同决定的”

“但我真的不希望你以为

你可以用自己的忧伤来缓解

你带给别人的忧伤……”

他怔了一下

这些日子以来

他像是引领我顿悟的奇迹

但还有好多好多话我来不及说……

闹钟响的时候

我的视线停在一张简陋的插图上

整个书房物归原状

但是我的心凄楚迷惘

久久不能平缓

我的鞋子上还有一些沙子……

这样的冲击太大了

我几乎是逃出那家书店的

我不知道他们晓不晓得

我在书或阅读中的遭遇

但因这样的投入困窘不已

我知道很快会再回来

但将努力拖延我的屈服

读者和作品正在此实现

某种早被设定的非法关系

继续造访、陷溺是我的选择

也是读者的宿命

另个周日午后

我像员工值班来到“阅读光年”

书店主人的眼神充满默契

美丽女郎则略带焦虑

她的名字叫丽穗

我原本应该知道却毫无印象

她把闹钟递给了我

“不要把时间定得太久”

她关心地跟我说

这次在地下室

我翻捡着陈旧的古典诗词

它们曾带给青春前期的我

秘密的情感凭借　以及对

自我独特品质的洞察与发掘

那些触动着古代心灵的幽微情景

和后世亚热带少年灵犀相通

典雅或激越地排遣了

泉涌不息的自怜与狂想

不足启齿的青春情怀

被苦心斟酌的文字辉映

成为唯一能被自己觉察到的

自身存在的重量　啊

和不朽的你们共同脆弱

使我更顽强……

越过《花间集》、李后主词选

顺着前人的折痕

我翻到李清照的《声声慢》：

寻寻觅觅　冷冷清清

凄凄惨惨戚戚

紧随七组直白的叠字

我有些慌张地被唤醒

久违的强说愁的岁月

沿着节奏舒缓的想像

似乎转身就会触及那

宋室南迁的流离凄惶

以及夫婿明诚死后的

无依　孤单

乍暖还寒时候

最难将息

面对一位女性作者

我进入作品的方式

更像是窥探者或暗恋者

熟稔又清丽逼人的语言

堆叠的意象里

我伫立在一个和南方园林

相差无几的古老宅院中庭

但有更多茂密的阔叶植物

与翠绿的盆栽遮蔽了视野

略嫌潮湿但凉爽的雨后

空气中弥漫被雨提味的

泥腥与青苔的清香

过期的胭脂　陈旧的木材

逸散了松香的墨汁

凝结出暗沉的氤氲

还有从饭厅传来刷洗不掉

长年被油脂与腐败食物浸渍

日常生活的气息

我的视线飘忽于回廊下　窗台边

循着未被阿尔泰口音浓化的汉语

终于看见

这个专心吟诵着诗词

有着饱满现代灵魂的

宋代第一才女

她依旧细心打扮

对襟绫罗　碾玉琉璃

气质近似我想像中

年龄再长一些　婚后的Q

但盛世不再　美人迟暮

衰败的寒沁始终挥之不去

只能自持家世一缕馨香

抵挡家道中落的惨淡

中年丧夫的孤立

社会位阶的下滑

三杯两盏淡酒

怎敌他

晚来风急

易安居士的作品

曾让年轻时的我

为之凛然、为之着迷

将近一千年前的古代

怎有如此白话的诗魂?

深沉凄苦的口语

露骨、雄辩又理所当然

是多么宽裕、沛然的才情

又是多么结实坦率的主体

雁过也

正伤心

却是旧时相识

她苦闷的身影如此巨大

因不肯放弃对生命的期待

一筹莫展的困蹙里

一径细心梳理红尘不断的

情丝与愁绪

梧桐更兼细雨

到黄昏

点点滴滴

那些依着词牌填写的小令

每一首都回头定义了词牌名

每一行　每一句都

示范、煽惑着我们

因为她的感觉拒绝熄灭

坚持辉煌

这次第

怎一个

愁字了得!

天色提前向晚

这时听见有人轻推院门

我很想看看她等的是谁

但是闹钟响得太早

看李清照的作品时

我想得多、读得慢

我不停想到 Q

她的美丽优异与自我期许

自顾不暇的我难以匹配

我除了陶醉于幸福

现身于耽美的爱恋

没有任何牺牲也

没有任何贡献

在两性相恋的历史上

男子们对恋人几近愚昧无知

神魂不属、软弱游移

张扬着根深蒂固的自私

辜负着真诚勇敢的托付

我不知这样的不对等如何发生

但是　如果还能记得

第一眼被那梦境般的双眸吸引

第一秒毅然许下愿望与誓言

就会惊觉之后实现的剧情

直如乐园的凋萎

巴别塔的覆灭

《莺莺传》《白蛇传》

《浮士德》《诱惑者日记》……

多少爱情狰狞的原貌

隐藏于各式浪漫故事

我们真愿意在彼相恋吗?

摩娑《追忆似水年华》新刷的封面

这样的感喟达于顶点

这时丽穗推门进来

“还好吗？这一次”

她关心地问

熟练地递给我毛巾和茶水

我发觉当她翩然出现

我的眉梢神经变得灵活

扮演的角色不再那么沉重……

我相信

他们父女对我已了若指掌

无须继续掩饰镇日的

失魂落魄与无所事事

我逐渐频繁出现于书店

眼神也不再回避任何人

我的心中当然模糊想着

最想读进去的几本书

但会不时绕开或改变心意

去翻翻临时起意的主题

最近盘踞的沙发左侧本来是

《三言二拍》《聊斋志异》

鲁迅编选的《唐宋传奇集》

但浮躁的午后阻止我

检读细密干涩的古典作品

便路过咸亨酒店去看孔乙己

小说一开始

当代都会舒适利落的情境

便被第一人称的陈述隔离

我很快进入被作者心智

结界的那个灰暗的时代

发生许多故事的乌有之乡

鲁镇的街头

有固定热闹和不热闹的时刻

但热闹总是从咸亨酒店起头

那年我才十二三岁

注定只能做个无知或

所知有限的叙事者

蹲在酒店曲尺型的柜台旁

无聊望着对街药铺和绸布行

直到短衣帮的客人陆续光顾

才开始忙碌起来

照例　我是透过众人讪笑声

才注意到孔乙己的到来

他是唯一身着长衫却只能

站在前台喝酒的客人

身材比我想像的高大

自尊比我想像的还小

违背我的期待

他也比想像的细致、有教养

“乱蓬蓬的花白胡子

又脏又破的长衫

青白的脸色，皱纹夹杂着伤痕”

我一直想细看

却看不到他的眼神……

他热心地想教我写字

蘸了酒就往桌上抹

但是我的地位够低了

不能再和他靠得太近

对他　我有难以言喻的

亲切与嫌恶

但更多时候

是混着恐惧的悲悯

故事很快结束

因为听说他死了

没有人亲眼见到

但每个人都深信

他不可能存活

不可能安然存活

在任何一个险恶的时代……

《孔乙己》轻描淡写地震撼着我

故事里的主人翁脆弱无害

却曾让我们如此害怕

害怕失败离我们这么近

悲惨离我们这么近

残酷离我们这么近

米

无论别人怎么诠释鲁迅

我总是感受到他

无法被全中国分担的孤独

他的孤独在于与众不同

这“与众不同”无以排遣

因为诸“众”无法割舍

并满心以为与他相同

或许，

他骨子里有很强的抗体

与任何“众”都合不在一起

对这古老国度的深刻体悟

他始终裹足于群众的

盲从与冷酷

西方哲人对群众性的抵抗

往往为了坚持某种个体性

他对群众性的距离则来自

无力治愈群体的挫败与焦虑

横眉冷对千夫指

俯首甘为孺子牛

这个民族曾经饱受屈辱

彻底丧失了自信

有强大念力需要

彼此表态与自欺

重建尊严与自信

你的清醒会让人戒备

你的轻视与疏离

极可能是近代华人

唯一能抵抗媚俗的创作者

忙碌奋战于或大或小

各类的毒龙与风车

那么地激烈

那么地激烈与无奈……

闹钟响的时候

我松了一口气

丽穗进来，端详了我很久

不知偷偷在寻找什么东西

我确定那是善意

回以一个开朗的表情

但离开书店时不免纳闷

明明束手于生命的谷底

还不时陷进离自己很远的思绪

阅读

就是疏离

我决定再换个主题来探险

所以这次来到扶梯下

灰尘更厚的书柜前

同时映入眼帘的是

《希腊之道》《星星原子人》

和大部头的《世界文明史》

我对《世界文明史》情有独钟

在岛屿仍被禁锢

旅行还没盛行的年代

这些混杂人文地理的历史著作

就是最好的时空旅游替代

我最爱循着文明的线索

神入于书中人物的处境

杜撰着传奇发生的场景

历历在目的史实与言谈

犹如前世亲历的遭遇

从克里特岛到雅典

牧神的笛声回响于沼泽山林

宁芙在列柱与废墟间起舞

哲人在文明与野蛮间漫步

我一直想造访古代的希腊

看看巨量论述的后头

年轻俊美的亚该亚人

对知识与艺术的浸淫

对情欲与肉体的狎昵

“自公元前四八〇年到前三八〇年

一百年间在雅典演出了两千多出戏

早期，最佳悲剧奖是一只山羊

最佳喜剧奖是一篮无花果和

一罐酒……”

《希腊的黄金时代》第七章

我多次流连

所以很快翻到那个地方

阅读客观呈现的描述时

我是一个隐身的旅者

可以感受现场的声音

光影　气味甚至温度

但失去主观身份的投射

我无法和书中人物互动

那又如何?

厕身亢奋欢愉的酒神节

跟随摩肩接踵的各色男女

一路笑闹于滨海露天剧场

和远古民族陶醉于生命中

最纯洁的欲念、想像与狂喜

竟有落叶归根于心灵原乡的

错觉　和抹不掉的

异乡人的落寞之感

在文明的此刻

夜晚是没有光害的

酒神节的狂欢散场后

我躺在神殿的屋脊上

望着爱琴海特别近的

星空　愈加坚信

这些晶莹耀眼的星座是

为了让我们永远能辨识

那些美丽的神话而存在

早先在这座书房里

我也试图进入《几何原本》

或充满方程式的天文书籍

但我不会瞬间拥有各种知识

不会在书中忽然了悟

原先不懂的东西

一切体验

只能产生于我的理解：

那些被文字供奉的天才　巨匠

从事严密思考时的紧绷　专注

进行复杂推理时的琢磨　反复

屡屡竭尽大脑续航力时的

纠结　丧气　呆若木鸡

读尼采、叔本华或维根斯坦

抽象的书写或论述也会提供灵感

为我布置狂热工作或苦索的现场

在彼　我一次又一次感应着

濒临崩溃或欣喜若狂的心绪

坐立不安、喃喃自语

狂乱的智慧之兽在书房来回走动

来回走动

我愈加明了

每一本书都同时运转着

无数可能被实现的世界

围绕着读者感受的重点

想像的本质　解读的核心

两个人要在同一本书里

相遇　或拥有相同遭遇

难如九大行星连成一线

对词汇的相同联想

对情节的共同期待

还有对角色的态度

还有对自我的认知

那是先于阅读　先于

所有言谈的默契与共鸣

但我们永远不知道

我们曾经与谁共鸣

丽穗听到闹钟后走了进来

熟练地打点一切

并以鲜明的愉快表情嘉许我

这次阅读之后的轻松与自在

“你害怕我会出事吗？”

“毕竟这是充满危险的阅读方式……”

“你害怕我会出不来？”

“有闹钟的话就不会。”

“我出不来的话，你们会不会来救我？”

“你没有意识要出来的话，我们也没办法救你，

因为你的脑袋正在你的脑袋的书里面。

你没有意识要出来，

连房门我们都很难打开……”

“你也在这个房间看过书吗？”

“常常……

我有一种先天的毛病

很不容易出门

在这个房间里读书

等于参与这个世界的替代……”

“但是外头真正的世界是不可替代的……”

“我知道。”

我不禁深深同情起她

“我知道……”

“我大量地、热切地阅读这些书

想要发掘更多书中世界

比真实世界更好的优点

但是这一切充实与精采

永远只是某一本书的内容

我渴望着脱离文字的存在……”

“我希望耽溺于文字的我

可以为你带来一些

独立于文字的存在……”

我们安静了下来

感觉这间书房正在偷听我们的对话

又过了许久

她说

“我希望你多找些明亮、快乐的书

因为在这间书房里

不论是正面还是负面的感觉

都会加强加深很多倍

如同亲身遭遇一样”

“我知道

我已翻阅不少快乐的书

但是我想参与的

是现实世界没有

只能出现在书中

那些伟大的时刻”

我向她扬了一扬

拿在手上的《浮士德》

我喜欢德国

喜欢歌德时期的德国

更喜欢那个时期的歌德

那个永远年轻以至于

永远在谈恋爱的灵魂

但他恋爱的对象不只是

缪司和那些纯情的女郎

更包括所有的智慧与知识

包括拥有无限可能的自己

他的生命甚至比文学精采：

创造维特去替他谈一个不被允许的恋爱

为威玛国王主理国政兼矿业部长

写色彩论跟牛顿的三棱镜抬杠

和拿破仑相互见证彼此的辉煌

逃官到罗马当多年画家

回来又和席勒共同打造

德意志文艺复兴的盛况

而和海伦谈恋爱

应该是文学所能创造

最浪漫的事件了

这次

我直接跳到悲剧

第二部的第二幕

书房接收到灵感

瞬间变成一座哥德式

中古炼金术士的实验室

空气中弥漫着刺鼻难闻的气味

阴森的器皿和试管里

漂浮着畸形的器官、标本、怪物、怪胎……

梅菲斯特是十足的魔鬼

绝对的邪恶绝对的迷人

犹如跟自身劣根性相处

人类对他总难以

维持坚定的警戒

这犬儒、善辩、虚无主义的教皇

我并不特别在意、特别恐惧

也不动摇我的信念与自信

对我而言

这个为了陷害我而

满足我所有求知欲的巫师

形同可以延迟许久

才需要兑现的死亡

或只是如影随形的厄运

将在我最不经意的时辰

刺杀我的灵魂

他帮我实现那么多不可能的愿望

这加深我的野心与迫切感

去实现更多更荒诞的奇想

宁愿在地狱熊熊大火之前

就被永难餍足的欲念

被无穷无尽的好奇

燃烧殆尽一身皮囊

一如所愿

梅菲斯特给了我一把金钥匙

让我下沉到幽冥地府

开启烧得通红的三脚香炉

才召唤出海伦绝美的真身

不出所料

我的身心立即被蛊惑

产生从不属于我的庞大渴望

以及无法被填补的

亘古空虚

我进行了时空穿越

不顾一切去找寻海伦

在德国歌剧格格不入的

希腊神话里闯荡流浪

在浮士德的这些篇章里

歌德表现得太学究气了

关于和海伦相恋的情节

怎能以结婚生子匆匆带过?

作为书中主角的我

愈来愈浮现背叛作者的心机

在第三幕

合唱团凄惶的歌声中

衣香鬓影的女子鱼贯而入

梅菲斯特帮了大忙

刻意杜撰的被献祭的恐惧

让海伦带着她的女众前来投靠

我从未预料

美可以如此强大慑人

虽然她的呈现如此柔弱天真

在经历这么多磨难之后

海伦依旧美得如此光洁

美得如此清纯

在外貌上、心灵上
丝毫不受伤害、没有刮痕

她自然流泻着最女性的本能
不拒绝我对她的殷勤与执迷
不压抑她对我的好奇与善意
也许她曾经努力想专属于谁
但并没有能力阻止恋情
一次又一次地发生

美
是无法被独享的

“为什么这人说话的语音如此特殊?

亲切悦耳又带着协调的节奏?”

她问的是早已意乱情迷的

我的守城人林寇斯

“这是我们民族语言特有的腔调

适于唱歌适于思考更适于读诗”

“那你可否教教我

把它说得更为动听?”

我们热切地交换彼此的语言

交换彼此的心跳

交换彼此的眼神

而她每一个认真学习的唇形

都是无法抗拒的

索吻的邀请

在书中我把我们的恋情

视为西方文明之古典美

与浪漫美结合的象征

但是在当下

我的心智、我的存在

完全被纯度最高的费洛蒙溶解

我的心神无法收束

思考被雄辩的心跳摧毁

海伦啊海伦

我对你的显现如此敬畏

雄性的理智在你跟前不堪一击

无辜无瑕的美让一切相形卑微

但是男子内心里的兵荒马乱

你不知情也不介意

作为被希冀的对象

你径自闪亮径自美丽

也许别人为你　或为

他们的幻想想得太多

你想得比任何人都少

我渴望了解

却无能也无从了解你

我们爱情的内涵几近空白

除了对你美貌永恒的悸动

我如此迷恋于你

以致太轻易越过临界点

一切

变得索然了！

闹钟响的时候　我

突然开始想念丽穗

我慌慌忙忙跑出书房找她

她刚好不在柜台

不久从书库走出来

看到我热烈的眼神

有些羞怯又有些欣喜

我结结巴巴地对她说

“我突然觉得很愧疚

我们认识得那么早

却一直没能好好关注你”

“那时我们都还小啊！”

“不是，不是这个原因

我一直被我的孤独所蒙蔽

看不到别人也看不到你

此刻对于文字对于阅读

我突然感到索然　无趣

只想合起书

好好了解你”

我紧握她的手

想确定不是在梦里

但我从来没有觉得

如此的在梦里

对书店不寻常的归属感

介于神经质与自我意识

之间的病识感　还有

跟丽穗相依为命的情愫

形成了完美的孤立

让我陷溺于“阅读光年”

自弃于一个可以和真实生活

遥遥对立的奇幻领域

如同暗黑诗人爱伦坡

耽溺于噩梦般耽溺于

自己以妖娆文字虚构

那亲密有毒的世界

作品中永远洋溢着

不祥的快感不幸的魅力

还有镌刻于浓烈官能记忆上

最边缘的心灵地景

爱伦坡是了解现代诗情

最直觉、最简洁的蹊径

依循孤僻神秘的心智拼图

我们目击浪漫主义的魂魄

附身中古风哥德体的符码

穿过前现代科学的阴鸷想像

过渡到现代文学的变身历程

也追索出许多轮回到此世的

科幻小说、悬疑小说

当代电影甚至少女漫画的原形

※

良莠不齐的版本里

我印象最深的短篇是

《椭圆形肖像画》：

一个疯狂执迷于作画的画家

为深爱着他的妻子画像

他是如此专注地画着她

却毫不关心真实的她

妻子默默地卖命配合

“温驯坐在阴暗高耸的塔楼上

一坐就是好几个星期”

当画家像赋予生命般完成了

不可思议的栩栩如生的画像

真实妻子的生命也被移植画中

——她被画死了……

这是多么典型的爱伦坡想像!

这次《巫夏家族的沉沦》也一样

它几乎是所有病态、没落贵族

最极致的悲剧典范

还有什么　比被恐怖

折磨、污损的高贵

更令人不忍卒读?

我抵达巫夏家的宅邸

已是枯寒的年终时节

乌云低沉的笼罩大地

屋宇被死气沉沉的老树围绕

整个院落被无所不在的悲伤盘据

“我快要死了

由于遗传于我们家族的病症

此刻,

任何微小的物体或刺激
都对我产生干扰与痛苦
逃避这一切却又使我加速虚脱……

我并不害怕死亡的到来
而是怕死亡带来的恐惧”

巫夏，我年轻时的好友
无助地向我求助
“看看我的妹妹
我们家族另一个幸存者
她将比我早死
然后，

我就是古老巫夏家族最后一人了”

他停顿下来

我们一起惊悚地看着

被提到的梅德琳小姐

无声无息

慢慢穿过空旷的客厅

完全无视我们的存在

昏暗光线的描绘下

她苍白木然的脸庞

像抽尽人性

梦游的人偶

更像是幽灵

不久，

梅德琳一如预期病死了

我和巫夏合力把她抬到

侧院临时摆放尸体的

一个不见天日的洞室

任那冰冷的躯体兀自

展现邪恶狰狞的性感

就在那时

我发现活着的哥哥和死去的妹妹间

脸上有种极强的相似性相互在吸引

是苍白　是病容　还是诅咒？

我原以为只存于人类内心的噩梦

已被释放出来

那是死亡都无法消除的

比死亡更持久的恐怖

七天之后的夜晚

我们彻夜未眠

像亡命的野兽

闻及死亡的亢然

绝望等待大难临头

我专心倾听远方示警的风声

他则紧张搜索屋内异样动静

我试图朗读故事来转移

这让人窒息的胶着

但内心里迅速膨胀的恐惧

迫使我大口地喘息

读得上气不接下气

自始至终

最让我不安的

是巫夏所表现的胆战心惊

提醒我　正在受苦的

是拥有可称之为灵魂的主体

这使得所有感觉可以被传递

现代心灵似乎就是被种种

荒诞　苦闷　焦虑与孤立

刻镂　界定出来的东西

当他复活的妹妹破门而入

扑向他时

恐惧达于顶点

亲眼目睹两个

被厄运凌迟的死亡

我早已吓得魂飞魄散

心智和四肢断然脱离

传达意志的神经在肌肉间空转

争先恐后的念头在喉头壅塞

极力想吸气

肺叶和心脏却相互压挤

极力想逃离

却动弹不得瘫软于原地

事后回想

我低估了恐惧的能量

我原想大面积沉湎于

十九世纪的怀旧情绪与

荒废神秘的浪漫氛围里

但是那样的意象与场景

反而揭开了内心的深渊

无数负面的想像寄生于

人类基因　苦等符咒般的

文字来唤醒最黑暗的记忆

我陷坐沙发

全身虚脱

大汗淋漓

第一次警觉到

这个房间也暗藏深深危机

从混杂着浓浓欧式乡愁及

原始科技狂想的故事回来

我想重温当代的心智

恢复一些熟悉的感觉

雷电交加的午后
整个城市褪色为多层次的灰影
“阅读光年”像搁浅地表的太空船
寂寥地接受时光和雨水的侵蚀
如果它真是来自远方
我想
它已失去返航的契机和能量

忽明忽暗的闪光中
我看到角落里一套黑色诗集
厕身《荒原》和《杜英诺悲歌》间

不知名的作者还亲自绘制了

所有插图和封面

全书以黑底反白印制的

《梦中边陲》里

我找到十分眼熟的诗句

并低声索读：

“当我再醒来

我们就可以重新开始了吗?

像新的一秒一天或一个世纪?

你就会忘记

我的种种过失与欺瞒

你的伤心与失望

只记得在我们

最幸福的那个世纪

勃兰登堡伴奏着流星雨

运河在午夜通航

地峡两边的大海

沿着满溢的眼波

汇流以咸咸的

泪水？

你就会忘记

作祟于梦中的

悔恨与懊丧

只记得我最好的承诺

和曾经曾经

你对此深信不疑？”

远处的烟火响起

行星一颗一颗迅速远去

Q 不知何时已和我和好如初

啊　她真的好美

我们手牵手

像孩童一样兴奋地穿过

一座又一座灯火通明的古堡

巴哈的《勃兰登堡协奏曲》

曾为我恋史的巅峰伴奏

当时我手握锁钥

踌躇满志　正要打开

一扇命定而未知的大门

我忽然醒来

和 Q 的恋情已是上个世纪的事了

我仍在这个世纪懊丧不已

我用各式的自弃惩罚自己

为了保存那时心慌意乱的歉意

而她对此一无所知……

我还记得我对小王子说

“我不希望你以为

你可以用自己的忧伤

来缓解你带给别人的忧伤……”

但是除了忧伤

关于那些往事

我真的无能为力

无论悲伤或欢喜

无论眷恋或厌弃

我一直不敢放手

一直不敢知道

我早已知道的：

曾经杜撰过一千种重逢情节的

我的过去

已经过去

我捧着书掩面啜泣

直到丽穗走进书房

紧紧抱着我

《追忆似水年华》太大太长

我多次想从头读它

都临时打消了主意

但今天来得特别早

甚至在广场上遇见几个

绕路上班的人

阳光暖暖洒在店前台阶

洋溢着重新启程的气氛

我一时兴起　想去造访

簇拥着争艳鲜花

顾盼着时尚男女

风华绝代的老巴黎

“你确定要读这套书了吗？”

书店主人提出警告

“有些书有它先天的危险性

像《红楼梦》像《追忆似水年华》

不需要借助秘密书房

就足以让人深陷其中　无法自拔

许多人在读完故事后

还不肯离开这些作品

魂牵梦萦

好像是这些书的幽灵”

我开玩笑地说

“也许我就注定成为书的幽灵

也许我在文字里比在现实世界

更逍遥　更得心应手……”

他不再阻止我

从柜子下拿出另一个闹钟

但我不知道的是

这次书店老人给了我一只坏的闹钟

它会滴滴答答见证我脱轨的阅读

但不会在适时的一刻发声

引领我走出这文字的迷宫

阿尔贝蒂娜在第六卷就死了

就在我因为强烈想念她而认输

拍了一封充满绝望之情的电报

请求她回来之后

就在收到她因为强烈想念我

而写了请求我让她回来的

两封信之前

在这中间

她死了

从马背上摔下来

撞在一棵巨树上

从此

我们的爱情只能在脑海中

一遍又一遍　重演于

人事已非的漫漫长日　而

雄心勃勃的书写与思索沦为

对她深刻冗长而无谓的回忆

只要一想起她

阿尔贝蒂娜

“那些与过去相类似的时刻便

不停勾起我对于过去时光无休止的回顾

雨声使我想起贡布雷丁香花的香气

阳台上善变的阳光

使我想起香榭丽舍大道上的鸽群

炎热的清晨震耳欲聋的喧哗

使我联想到新鲜樱桃的回忆

风声和复活节的来临

唤起我对布列塔尼或威尼斯的渴望……”

在黑暗的房间里

那些忘了它们已不再存在的

影像或声音仍不时闯进来

不停加深我的失落和痛楚

再多新鲜的事物与密集行程

也无法埋葬阿尔贝蒂娜在世时

带给我的那些独一无二的感触

“还有谁

会拿自己的睫毛

和我的睫毛相互厮磨取乐呢？”

所以我决定降落在第五卷

《女囚》的情节里

第五卷并不快乐
情人之间所有勾心斗角　伤害猜忌
继续发生在这里
但是前半部很大的篇幅
有我见过关于爱情现场
最用心　最优美的描绘
让我的目光舍不得须臾离开
投映在大脑里的幸福光景
尤其是一头波浪起伏的秀发
令人心旌飘摇的阿尔贝蒂娜

我怀念巴尔贝克的时光

那时她还没属于我，至少

那种拥有所爱之人之后的

荒芜　刺痛之感还未发生

那时一切还不确定

但是充满渴望　充满期待

第五卷并不快乐

我希望我的投入与想像

可以为读者的版本改善

这一去不返的似水年华

我充分意识到

阅读中强烈的好恶

会扭曲书中最主要的旨意

我总是被喜欢的情节吸引

再三诵读　反复回味

总是迅速或粗略地翻过

那些我不感兴趣的章节

仿佛那是这本书里

属于别人的遭遇

最早读《红楼梦》时

我就只顾着搜寻

贾宝玉和林黛玉的只字片语

不耐其他角色或情节的铺陈

稀释我对这个故事的参与
来到《追忆似水年华》
我的阅读习性仍没什么改变
我的雷达只扫瞄关心的踪迹
筛取我想要的讯息

在他不朽的巨著中
普鲁斯特苦心孤诣
精确地纪录　镌刻
足以重现过往时光的生命场景
从贡布雷　巴黎到巴尔贝克
从希尔贝特到阿尔贝蒂娜
一幕又一幕的记忆成为

永远的现在进行式

像用文字的针尖

在我们这些想像主体上

进行工笔写实的刺青

把带着色彩的痛觉

带着痛觉的意象

原封不动

传给我们

他似乎不急于分析

甚至不曾真正反省

他变率极大的爱情本质

那些迷人至深的独白里

堆砌着事实　却没有真相

他引领我们到书里

把还存活着的记忆

移植为我们的记忆

于是他的生命从时间偷渡了

偷渡到一代又一代的阅读中

永恒了

但是阅读时

我们还得用我们的故事

把他的作品转化为

我们正在看的作品

是的

有些情节必须读者自己补齐

马塞尔向我们展现了

男子爱情的洪荒时代

像《椭圆形肖像画》里的画家

执意于理想对象的相伴

但是爱情只在自我意识里进行

和他极力追求的人几无关系

身旁酣睡的华丽女体

激发出内心深藏的激情与荒凉

不完美地完成了自恋的繁琐仪式

但普鲁斯特始终没有告诉自己

如果重来一次的话

如果重来一次的话

我们应该如何去爱

黄昏时刻的巴黎街头

跟童年记忆一样暗淡

虽然奥斯曼苦心打造的

帝国街廓依旧亮丽堂皇

昏黄的街灯　稀薄的电力

依旧无法点亮

二十世纪初塞纳河畔的夜晚

即使如此

仍有不少市民在黑暗中游荡　晃动

一不小心还会迎面撞个正着

花香　发香混杂着

煤烟与兽力车的原始味道

靠近拱廊街的入口有些骚动

叨絮的法语此起彼落

但是我仍然安适地穿梭其间

或者我并不是那么的安适

但这已是我能力的极限了

我把阿尔贝蒂娜带回巴黎

并严格限制她的日常行动

为了斩断她昔日的社交圈

对她可能的不良影响

我把她紧紧带在身边

我知道

我对她监视　控制之严苛

是别人绝对无法忍受的

我相信她还深爱着我

最大的证据

就是她竟然可以接受

如此任性蛮横的要求

而不曾离去

因为相信她还爱着我
对她更多的爱与善意
对我而言　显得多余
宁可把过剩的激情用来
巩固她对我的忠贞不渝

在新世纪初的欧洲
男女社会地位悬殊
贫富社会地位悬殊
一个男子的爱情极可能
是他所爱的女子的灾难

除了玫瑰和华贵的服饰

旅行、汽车甚至游艇

即使拥有再深的情感

也无法铺出通往乐园的捷径

相反地　他会反过来

执迷爱情的纯粹与完美

无休止的猜疑

蛀蚀着所有美好的想像

不可自拔放大所有

正面负面言行的意义

把牛角尖戳入心里

不可自拔地患得患失

耗损未及兑现的喜悦

追求时辗转反侧

得意不久又索然失落

如此一而再再而三

爱情就成了彼此对彼此的煎熬

我相信

过去，累积出一个人现在的品质

对一个人的现在有着神秘的影响

偏偏

我对她的过去充满不快的想像

连带对她的现在难以释怀

相处得越久

仿佛就有越多证据

支持我对她的报复与算计

女囚与狱卒终于紧紧绑在一起

但狱卒用自由也换不到女囚

我不可自拔地爱她

又不甘于这样的付出与依赖

偶尔发现自己不爱她时

还会异样地欣喜

像今天在大马路上

还自得于我们现在的关系

回到寓所后

无意的刺探却刺探出

她自相矛盾的行程

我又暴怒焦躁不已

谁到巴黎来了?

她又急着想见谁?

我还有什么手段可以确保我的禁锢?

进到本书之前

我就觉得马塞尔这样的偏执

带着自我毁灭和浪漫

也无法救赎的残酷

必须换一种方式来

治疗作者或读者和

阿尔贝蒂娜的关系

我必须自己去摸索

从我和 Q 的恋情中得到的教训

把我学到的理想版本

放胆实践在阅读里

我要对那饱受折腾的女孩说：

我的痛苦完全咎由自取

你的闪烁言辞也是情非得已

没有谁一定要爱谁

如果在每次相处中

不能获得期待的快乐

累积甜蜜的共同记忆

我们没有资格拥有彼此

我们不都是感情世界的幸存者吗?

脆弱易感的年轻灵魂

看似平凡的成长过程里

穿行于一座又一座蛾摩拉　索多玛

我们好奇　困惑　滞留　毁损

自我欺瞒或自我怀疑

然后带着未愈合的伤口

彼此相遇……

我不该一径窥视你的灵魂

它只让我对你更一无所知
没有了解与同情
再多事实也无补于事实

但她未曾被我打动
无视秘密如肿瘤般扩散
只是一昧搪塞一昧顺应
在当下诱惑较强或
意志较强者的旨意

进到书中之后
我深切体会马塞尔的挫折
所有对策与想法

必须作用于对的对象

此刻我不够了解她

因为她不够认真了解自己

不够认真想被了解

但是，如果我真的爱她

爱应该如何被定义？

去了解或者去忍耐

或将是通过自我检验

必要的觉悟

※

同一时间

在我一无所知的现实世界里

丽穗气急败坏去找她的父亲

“没有办法

他注定要留在书的世界里”

书店老人安慰着他的女儿

“如果是注定

你就不需要给他那只坏了的闹钟啊！”

丽穗急得眼泪直掉：

“他对这个世界的忧伤与疏离

因为他打从心里就介意

现实生活美好的可能

他根本没打算放弃”

“但是

如果我们不把他献祭给文字的诅咒

我们就永远无法离开这里……

我已经老去

而你的生命正盛开

我绝不能让你继续被禁锢在这里

你需要去参加真正的世界

去实现你的愿望

实现你的美丽”

“但是

此刻我对现实世界充满憧憬

那个深陷在书房里的年轻人

正是我的动力……”

面对这双美丽而坚定的眼神

书店老人终于无语

他无奈地拿出另一个闹钟

她一把抢了过去

认真测试它的功能

闹钟一遍又一遍地

一遍又一遍地

铃铃地响起

“但这不能保证你救得了他

你必须去阅读同一本书

而且和他产生完美的共鸣”

“关于这部书

他告诉了我好多好多

关于他自己

他也泄漏了好多好多”

他们下了楼

费尽心思开门

“门打不开！

我们必须把楼梯撬开！”

丽穗慌忙找来扳手和铁撬

终于把木头阶梯撬开

当她吃力推倒书柜

进到书房的时候

整个书房正在晃动　抽搐

仿佛巨大的马达全速开动

盘绕的铁制旋梯紧紧捆住

整个书井

丽穗翻过沙发

看见桌几上被翻开的书籍

但我并不在书房里

而是在书中的巴黎街头

她稳住了心情

从翻开的书页开始阅读

渐渐渐渐

渐渐渐渐

神入于那混乱彷徨的角色里：

我多么想去爱那家世良好

教养良好的绅士啊！

但是放浪潇洒的年轻男女

同样吸引着我

绅士，是根据理想打造的

总是期待只能存在于理想世界的

恋人与爱情

爱情老手虽然不可靠

但是他们似乎更熟悉

更宽待软弱的人性

让你觉得随兴自在

他们要求的不多

只追求你身上一小块

但是

从他们对我的善意里

我感觉不到世界对我的善意

感觉不到我对自己的珍惜

如果你觉得自己是棵漂亮的树

舒展着华盖让阳光细心梳理

如果你想分享到每个季节的风景

你就不能盘据在阴暗的沟渠

我当然迷恋着马塞尔

我曾在他羞赧迷离的眼底

瞥见最好的自己　值得我

以一辈子的努力把这样的自己

这样的眼神追寻回来

他的品味与谈吐

他的细致与敏感　还有

和整个文明若即若离的神采

让我觉得他的灵魂

似乎有个更高的来历

让我向往更好的世界

向往更好的爱情

但我有一些秘密不能告诉他

怕惊吓到他激怒到他

怕被他看轻而将我整个放弃

那么多人对我品头论足

我最重视的就是他眼神的一瞬

如果他满意我

我就会更喜爱自己

但是他只愿意看到局部的我

而且预先憎恶他所看不到的

现在与过去之间

何时有了鸿沟?

两边都是不折不扣的我

为了他我做了许多改变

我的改变远离了我

却没能更接近他

我的犹豫让他更不信任我

对我的爱情越来越习于

以负面情绪表现

我越来越恐慌

越来越困惑

过去如影随形

我庇护着过去

过去也庇护着我

我怕放弃过去

也得不到现在

我想我正渐渐失去他

失之交臂的遗憾与悔恨正预先形成

只因为我是被书写者　没法尽全力

去守护渴望的结局

或许我不该老觉得自己

缺乏某种命运去拥有更好的东西

好几次在睡前我再三地告诉自己

只要此刻全心全意投入

其实就是最美好的结局

根据书里面我们

在他从维尔迪兰的沙龙回来之后

有过一次巨大的争吵

那是我们感情崩毁的转折点

其实在那之前

书中没有交代的

我们还有无数次的对峙

我并不想这样

所以一直像百舌鸟一样撒谎

而他一直不让我有容身的谎言

我就得造另一个谎言容身

但是这次

我撤退到错误的谎言里

被他一把抓住

他终于找到一个可以让自己
痛痛快快愤怒的理由了

我整个心都凉了
多么希望这次的搪塞被轻轻放过
那就不会又一次引爆他
一连串的挫折
一连串的狂怒
一连串的怀疑与冷遇
我再也受不了我造成的这些后果了
我再三的违规就是我的抵抗

我必须激怒她来表达我的愤怒

但又多么害怕她真的拂袖而去

知道她温驯回到卧室

我的焦虑与挂念放下了

松了一口气

只剩下单纯的愤怒

我不急着再见她

在我想出让她更了解

我的愤怒的方法之前

通常不见她、轻忽她

就是我表达愤怒的方式

等待他的反应或是等待他的出现

都是令人煎熬的事

下午和旧识相聚的欢愉不再

也无从去梳理此刻的情绪

自弃于无边的迷乱昏眩里

担忧、懊丧、愤怒、委屈

更有逃离这样的处境

逃离这里

一了百了的冲动

我头痛欲裂　全身发烫

带着泪痕和沉重心情

非常不安稳地睡着了

此刻

我因百感交集而加倍清醒

她为何总是谎话连篇、违逆我的愿望?

她难道不曾预期我的愤怒吗?

我为什么要惩罚她、折磨她?

只为向她传达我的愤怒吗?

但她怎可能不知道我的愤怒?

还是，她知道但并不在意?

如果这样那该怎么办?

所以，我告诉自己

重点不是继续生气

让她晓得我的愤怒

担忧我的报复

没有安全感的爱情

注定不会幸福

没有信任就没有安全感

我不能信任她

报复的方法就是

让她也不能信任我

没有比不信任你所爱的人更大的痛苦

这是我在这场爱情中学会的

但是让所爱的人痛苦

是我唯一学会的事吗?

我们必须彻底了解一个人

才能全然爱她吗?

在巴尔贝克把她奉若女神时

我不是对她也一无所知吗？

对阿尔贝蒂娜的迷恋使我陷入无休止的算计

急着扳平、急着自保、急着还以颜色

我强烈的爱情完全被

受伤的尊严压制了

一直表达不出来

一直付不出去

在每个时代

男子们似乎都这样

越是认真的情感越充满算计

怕付出的比别人多

怕吃亏　怕被蒙蔽

但在因爱情而陷入的情境里

我们却不再问问爱情的意见

要继续无休止地刺探

还是不顾一切先把爱情实现？

当他推开房门进来时

我已经睡得很忧愁了

黑暗中感到有人靠近

轻轻坐在床边

我先是警戒着

然后醒过来，继续装睡

等待他的动静

许久许久

我几乎再度睡着

他开始轻轻地抚摸我

很轻很轻

像抚摸一只垂死的天鹅

先是我的头发

再是脸颊

再是颈项

再是泪痕

然后是唇

他轻轻地吻我

怕把我吵醒

这不是他第一次偷吻我

但是我第一次深深相信

他会全力保护我　不会伤害我

我的眼泪不停地涌出

但他已关门离去

只有她睡着时

我才可以放心地爱她

那时候她不会扯谎不会犯错

她的秘密也被谅解忘记

每当我感觉到拥有她时

我就会以她扑朔迷离的过往

来压抑、贬抑我的满足与欣喜

降低对她的爱

让我有安全感

让我心里觉得平衡

松了一口气

她的抵抗让我觉得她不知愧疚而生气

她的顺从让我觉得她心虚而更加生气

但是此刻我发觉

当她无辜甜美地睡着时

一切的一切

都只不过发生在我心里

爱情没有特定理想的样貌

你怎么想怎么做

爱情就是你所想出来

以及你所做出来的……

由于一种奇异的自信

一种勇敢的决心

在今天的早餐桌上

我换了一种眼神看他

坦率、直接不再回避

他有些不自在

似乎记得昨晚的愤怒还没完成

但我并未预期他的愤怒

他的愤怒也就没被邀请出来

他的心情开始变好

虽然并没有准备好

等他笑出来而又惊慌地想收回去时

我不顾嘴里的早餐

猛然站起来吻他

两只饥饿的灰熊

舔着彼此的蜂蜜

我们几乎拥吻了一个上午

不可能发生的　发生了

发生在我们共同的阅读里

啊！普鲁斯特普鲁斯特

你曾经一心一意

想对抗时间必然的侵蚀与消亡

你努力唤起官能记忆

以此为建材起造时间的大教堂

你用文字封存生命当下的内涵

向死后无边的黑暗

投出一颗远古的琥珀

希望借以触及永恒

但我多想告诉你

抵抗时间还有一种方式

那就是爱

爱不需要永恒

爱需要被实现

那次的拥吻

我们改写了《追忆似水年华》

我们找到了更理想的相处模式

带着一点东方和一点现代感

这里头有来自对Q的记忆与补偿

更有着对丽穗的甜蜜想像　而

那是确存于读者内心里头的

但是我们可能脱离书籍

可能脱离作者的原意吗?

显然我们在书里头

不曾意识到这些

我们继续热恋

继续学习幸福

那天

相信是怀抱着对未来的期望与决定

阿尔贝蒂娜跑来告诉我

她想回土伦邦当夫人家一趟

把一切做个了结

包括另外一名男子的求婚

那人已纠缠她的姨母多时

我欣然同意

表示已开始想念她

她羞怯而满心喜悦

我们体验了一次短暂的难分难舍

从送她去安加维尔车站回来

我在阴暗的书房里发呆

因为记忆里有太多空白

当闹钟响时

我毫无反应

甚至没有听见铃声

像陷入很深的睡眠

只觉得离梦境很远很厚的

外头有持续不断的震动

我在书里面逗留太久了

已忘记了闹钟的事

很难被叫醒

当我昏沉沉被叫醒

回到书房时

一时还以为在巴黎的卧室

许久

进入《追忆似水年华》之前的点点滴滴

才慢慢被重建回来

我的意识也从主角身上

渐渐退回到阅读的现场

我继续在阴暗的书房里发呆

任由两个书房的记忆重叠拉扯

确定三魂六魄陆续归位

完整拼回原先的自己后

才离开地下室

书店主人看到我

松了一口气

“你终于回来了！丽穗呢？”

“丽穗？”我被问得一头雾水

“丽穗在哪？”

老人大吃一惊：

“什么？她没有跟你回来吗？”

我觉察大事不妙

“跟我回来？她去了哪里？”

老人几乎崩溃　跌坐地板

“糟了糟了！怎么会发生这种事？”

“哪种事？”

他夹缠不清地说

“你的闹钟坏了

丽穗带了一个好闹钟

到书里去救你

没想到你出来了她却没出来……”

“怎么会这样？”

我的着急迅速燃成愤怒

“丽穗在哪里？

丽穗怎么会出不来？”

“丽穗在书里头

在《追忆似水年华》里头

闹钟没把她叫出来

她就永远都出不来”

“怎么会这样？

快一五一十告诉我

在这个房间阅读的时候

我们到底发生了什么事？

为什么会有这样的书房？

你们为什么要带我进来？

你们为什么又都离不开？”

“这是一间被诅咒的书店

我已被困在此多年　不能离开

除非找到一个跟我一样

永远陷身文字迷宫的读者

楼下书井就是一座文字迷宫

它实现了文字在读者脑袋里

诱发的想像

同时这些想像会自行填补

文字和意义间的空隙

同步发生于文字以外的情节

于是你阅读的路径

便被衍生的想像

修改、增补、变形

找不到原先的路径返回

座落于现实边缘的

阅读起点

迷宫的法力同时

在读者的心智里

腐蚀书中世界与现实世界的界线

当你专心阅读、全神投入

渐渐忘却帮你分辨真假的

书外世界这个坐标的时候

你就已经陷身于文字迷宫

我注意到你对阅读的执迷

想让你永远陷身文字迷宫

然后带着女儿逃离这里

但是我的女儿不答应

她非常喜欢你

决定自己冒着危险

到书中把你救出来

没想到却……”

我想到那双总是充满了解与关心的眼眸

我太相信我们会有一辈子的时间谈心

以至于什么都还来不及跟她说

想到她一个人在书本里头

历尽沧桑却不再遇得到我

更是心急如焚

为什么丽穗没有跟着回来?

为什么她没有被闹钟叫醒?

因为阿尔贝蒂娜在第六卷死了

阿尔贝蒂娜从巴黎住所

逃回到姨母邦当夫人的家

在骑马时摔死了

但这不应该发生在丽穗身上

我们已经改写了故事

如果没有　如果没有

我们也可以从头开始

“那我可以再把她救出来吗?

在阅读中还会发生什么事?

这个诅咒包括了哪些规则?

读者可以更改故事情节吗?

读者可以把现实世界的记忆带到书本里吗？

我们可以更改书中人物的性格与命运吗？

如果读者所投射的主人翁在故事中死了

读者还可以在现实中活回来吗？”

“在一般的阅读里

读者对于书中内容的经历

或所做的修改都是有限的

但在这间书房就不只是如此

它是书本加诸于每个人

童年的第一个诅咒

你在当时对书本的体验、记忆与感受

决定你对阅读的想像

也决定了书本的法力

你和书中内容的关系

就取决于你对阅读的想像

对文字与大脑之间最深奥的秘密

对读者与作品、作品与真实

真实与虚构的信仰

我们的世界看起来如此真实

但是只靠真实却构不成整个世界

我们也许应该说

其实

这个世界是由百分之一的真实

与百分之九十九的不真实构成

文字迷宫代表

那百分之九十九的可能

就像文字仍代表着它无法呈现的

百分之九十九的意涵”

我们对于阅读

到底了解多少?

有时像童年的噩梦

有时像青春的救赎

我们对于文字

在作者和读者心中

在意识或潜意识中

发生了什么事

几乎一无所知……

霎时　我有了不同的想法：

“也许这跟文字　跟阅读的异化

一点关系也没有

而是跟生活的本身有关

你像作者一样

制定并解释这许多游戏规则

书中的我不得不接受

那是因为我的生活出现了问题

当你对现实世界的参与越来越稀薄

观念世界的存在便越来越密实

甚至入侵到荒废的现实里

我会来到‘阅读光年’

我会走到这里

因为此刻我正立足

在这转折点上

或者

我会来到这家书店

我会走到这里

因为早已陷身于

《文字迷宫》这本书里

我并不是我

是以为是我的某个读者？

如果我离开这家书店

我便回到了书本外的世界

如果我遵循着迷宫的咒语

去寻找流浪在文字炼狱里的丽穗

便继续陷身文字迷宫……”

文字世界如何区分真假？

文字是现实的一环

现实靠文字而流传

它们交集在大脑而安置了世界

但是文字更多时候无关真假

本体论法则永远侦测不到

因为它发生在我们大脑中

在彼　有现实基础的

和虚构出来的　是等值的

但是

此刻

是不是真实已不再重要

你想要什么才重要

此刻

阅读的此刻

你想要什么体验才重要

我平静地回过头

对书店主人说

“给我一个最好的闹钟吧”

这样的情境不知为什么

使我想起为了阅读

情愿孤独的童年

给我一个好的闹钟吧

给我一个安静的空间

我将好好地读一本书

我最珍贵的梦想

就在里头。

二〇一五年六月初稿完成

二〇一六年一月二十一日定稿

后记

这是一次诗剧创作的尝试，也是自二〇〇五年展开的“故事云”书写计划的一环。

我一直想用诗来多玩一点东西，而且我相信它做得到。我曾说过，你对一件事物的想像有多大，它就可能有多大，它对你的贡献或影响就有多大。

我一向把诗的意涵想得很大。原因无它，我把用它来创作的我自己，这么一个创作者的可能性想得很大。

自二〇〇五年起，我对写故事颇为着迷。尤其对于把诗的元素或某种诗想，和别的表现、表演形式结合在一起极感兴趣。

我也相信像我这么喜欢越界、跨界的人，应该非常适合玩跨界或多媒体或生产方式较为复杂的东西。

“故事云”计划就是为此而启动。透过故事或剧本的创作，探索参与其他的艺术或影艺形式的可能。

在《迷宫书店》之前，我已经完成了《桃花源》《世纪情书》《民国姊妹》，以及《说书人柳敬亭》的剧本改编。接下来是什么？我也十分好奇。

另外，在本书引用到的作品有：托玛斯曼的《魂断威尼斯》、圣修伯里的《小王子》、李清照的《声声慢》、鲁迅的《孔乙己》、威尔杜兰的《世界文明史》、歌德的《浮士德》、爱伦坡的《椭圆形肖像画》《巫夏家族的沉沦》、普鲁斯特的《追忆似水年华》等。中文的著作不谈，需要参考原文或翻译的出版品有：

托玛斯曼《魂断威尼斯》，宣诚译，志文出版社；

圣修伯里《小王子》，宋碧云译，志文出版社；

Little Prince, Mariner Books；

威尔杜兰《世界文明史》，幼狮出版社；

歌德《浮士德》，绿原译，猫头鹰出版社；

Faust, Wolfgang Von Goethe, Penguin Classics；

爱伦坡《黑猫、金甲虫》，杜若洲译，志文出版社；

爱伦坡《陷阱与钟摆》，梁永安译，大块出版社；

爱伦坡《从地狱归来》，陈福成译，慧明文化；

The Portable Edgar Allan Poe, Penguin Classics；

普鲁斯特《追忆似水年华》，李恒基、徐继曾译，联经出版公司。

Remembrance of Things Past, Translated by C. K. Scott Moncrieff and Terence Kilmartin, Vintage Books.

我在此或者直接引用了作品的文句，或为诗剧的修辞考量做了改写，有时则描述、引申或改编了这些作品的情节，在此一并说明。

书中涉及外国书名、人名之处，均保留作者原文译法。
此处附上译名对照表，以供参考。

外文原名	书中译名	大陆通行译名
The Oval Portrait	《椭圆形肖像画》	《椭圆形画像》
The Fall of the House of Usher	《巫夏家族的沉沦》	《厄舍府的崩塌》 《鄂榭府崩溃记》
Duineser Elegien	《杜英诺悲歌》	《杜伊诺哀歌》
Wittgenstein	维根斯坦	维特根斯坦
Bach	巴哈	巴赫
Saint-Exupéry	圣修伯里	圣埃克苏佩里
Edgar Allan Poe	爱伦坡	爱伦·坡
Thomas Mann	托玛斯曼	托马斯·曼
Will Durant	威尔杜兰	威尔·杜兰特
Gothic architecture	哥德式建筑	哥特式建筑

图书在版编目（CIP）数据

迷宫书店 / 罗智成著 . -- 成都 : 四川文艺出版社，2017.7
ISBN 978-7-5411-4706-7

Ⅰ . ①迷… Ⅱ . ①罗… Ⅲ . ①诗集 – 中国 – 当代 Ⅳ . ① I227

中国版本图书馆 CIP 数据核字 (2017) 第 158647 号

著作权合同登记号　图进字：21-2017-567
本书中文简体字版由联经出版事业公司授权出版，原著作名《迷宫书店》。

MIGONG SHUDIAN

迷宫书店

罗智成 著

策划统筹　林妮娜
责任编辑　王筠竹
特邀编辑　罗雪微
装帧设计　王　斑
内文制作　田晓波

出　　版　四川文艺出版社（成都市槐树街 2 号）
网　　址　www. scwys. com
电　　话　028 – 86259303（编辑部）
传　　真　028 – 86259306
发　　行　新经典发行有限公司
　　　　　电话 (010) 68423599　邮箱 editor@readinglife.com

邮购地址　成都市槐树街 2 号四川文艺出版社邮购部　610031
印　　刷　北京中科印刷有限公司
成品尺寸　130mm × 185mm　1/32
印　　张　6　　　　　　　　字　　数　120 千
版　　次　2017 年 11 月第 1 版　　印　　次　2017 年 11 月第 1 次印刷
书　　号　ISBN 978-7-5411-4706-7
定　　价　45. 00 元

图书在版编目（CIP）数据

迷宫书店 / 罗智成著 .-- 成都 : 四川文艺出版社，
2017.7
ISBN 978-7-5411-4706-7

Ⅰ . ①迷… Ⅱ . ①罗… Ⅲ . ①诗集－中国－当代
Ⅳ . ① I227

中国版本图书馆 CIP 数据核字 (2017) 第 158647 号

著作权合同登记号　图进字：21-2017-567
本书中文简体字版由联经出版事业公司授权出版，原著作名《迷宫书店》。

MIGONG SHUDIAN
迷宫书店
罗智成 著

策划统筹　林妮娜
责任编辑　王筠竹
特邀编辑　罗雪溦
装帧设计　王　斑
内文制作　田晓波

出　　版　四川文艺出版社（成都市槐树街 2 号）
网　　址　www. scwys. com
电　　话　028－86259303（编辑部）
传　　真　028－86259306
发　　行　新经典发行有限公司
　　　　　电话 (010) 68423599　邮箱 editor@readinglife.com

邮购地址　成都市槐树街 2 号四川文艺出版社邮购部　610031
印　　刷　北京中科印刷有限公司
成品尺寸　130mm × 185mm　1/32
印　　张　6　　　字　　数　120 千
版　　次　2017 年 11 月第 1 版　　印　　次　2017 年 11 月第 1 次印刷
书　　号　ISBN 978-7-5411-4706-7
定　　价　45.00 元